序言

還未踏進學校的大門，已經聽到熱鬧的琴聲，準是甘仔、靜靜、Jason 在琴鍵上爭取自己的空間，彈奏喜歡的歌曲了。

安琪（Anjoi）那常掛着甜美笑容的巴基斯坦裔小女孩，走過來嬌嗲地對我說，她也想彈琴，但擠不下琴凳。我憂心「不會是排擠吧」，正想調解一下，Anjoi媽操着不太流利的廣東話對我說，其實同學們早前已經自行分配彈琴時間（早上8:15前每人五分鐘），並用眼神示意我不必介入。

我確實有點驚喜：原來小孩子都有解決問題的能力和創意。我身為成年人，反而被成見和事事管的經驗束縛，過分擔憂。我又看見一位體諒的母親，如何輕鬆地化解可能發生的糾紛。

在我這個校園，我們的視障學生，有來自國內不同省份的、有東南亞的，而他們的視障程度、體能、才能、學習上的特殊需要，母語、習慣、習俗、食物、衣服、家庭成長文化、父母對他們的期望等各方面，每人都是獨一無二的。但我看見他們有更多的相同：他們純真，要學習克服困難、學會互相扶持、學習與多元文化的同學相處。這樣久而久之的相處，潛移默化地學會合作，看到自己和其他人的不足和優點，產生了欣賞和尊重。而影響他們建立這正面思想的，除了老師，父母是最重要的。

無論是在心光的音樂才藝會，或是運動比賽，出席的父母，不單為自己的子女打氣，他們會認真地告訴我：
「院長，千萬不要埋沒澤耀的音樂才華，我們一起幫他開個人演奏會，好嗎？」
「GC、KC很有音樂感，要好好栽培他們啊！」
「JW、MT、宏溢有跑步和運動潛能，應加強資源促進他們的發展。」

我十分欣賞這些父母，他們沒有只關注自己孩子的特殊需要，更打開心眼，與我們一起發掘、欣賞、支持這些不一樣的孩子。

同學們、讀者們，你們有否只看到你的爸媽沒有像Margaret的媽媽每天為她準備一隻雞翅膀加餸而發脾氣？有否因為買了一瓶高價的洗面液被母親責罵而氣憤得大叫：「為何我生長在清貧的家庭？我憎你！」從繪本的小女孩小虹，我們知道父母都有不同的方式表達他們對子女的愛和關懷，而不少家庭更因着有與一般小孩不同的孩子，要大家更努力建立一個包容、尊重可共融的社會，好讓他們較容易被接納，可以有尊嚴地生活。

你們、我們，看得見父母們的付出嗎？你愛他們嗎？

就讓我們在懷疑、驚訝、不肯定中，彼此相向多走一步，用不同的樂器、不同的語言，釋放不同的才華，多些欣賞、多些了解、多些信任，建立更豐盛和諧的社會。

郁德芬博士, BBS, JP
心光盲人院暨學校院長
愛同行基金會董事

Preface

I will always remember the day I took out my lunchbox at school and someone asked me "what's that smell?"

I also remember wanting to throw my lunch in the garbage can five seconds after...but I resisted, because then my best friend next to me asked: can I have what you're having?

It's so funny how a small comment can make such a lasting impact in someone's life. So the backstory is, I was obviously raised in a Chinese background. Our family lived in Hong Kong until I was 5 years old, in which my mom then decided to move our entire family to Canada. In the next five , six years, I didn't notice much of a change because as kids, as long as you made friends, went to school, and had fun activities to play on the weekend, your life was basically joyous and unbothered.

Skip to grade eight. My first year in high school, where as they say, you're in a jungle full of vicious animals fending for your life. Just kidding. But the environment did change — and a lot of different people from different primary schools would soon join you. And beyond that: a lot of different races.

In elementary school, we learned about multiculturalism and had potlucks celebrating different ethnic groups, so I never thought too much about not being accepted. That was until, of course, the said experience above recounting a mean-spirited child calling me out because my lunch smelled different to theirs. But that's not the important part. The important part was how my friend, who is Filipina, came to my defense and gave me reassurance that we ought to respect each other's cultures.

It was because of this particular incident that I started paying more attention to how I treat others, perhaps in hopes that one day we can all be one big acceptance pot.

As my mother always taught me: treat others the way you want to be treated.

So when I came upon this story of Xiao Hong and Sana, I couldn't help but be touched by their simple love and acceptance towards one another. We really can learn from the purity and innocence of kids, just as their mothers did. Instead of being fearful of things we do not understand, what if we made the intentional effort to open up, be vulnerable and curious to other's differences? Wouldn't it be so nice if someone said to you: I want to learn more about your culture?

With this said, I hope that from this story and my personal experience that one day when faced with the same situation you will choose to be the person who decides to protect and love the cultures and races surrounding you, and who knows? Maybe you'll also be happily surprised by their food too!

Grace Chan 陳凱琳
Artist

看見不一樣的Mama

作者 羅乃萱　　　　插畫 繆靜嘉

WEDO
WEDO GLOBAL 愛同行

家庭發展基金

星期六上午，小虹面對作文題目，很苦惱。

十月 October

Sun	Mon	Tue	Wed	Thu	Fri	Sat
					1	2 (溫習)
3	4	5	6	7	8	9 (溫習)
10	11	12	13	14	15	16 (溫習)
17	18	19	20	21	22	23 (溫習)
24	25	26	27	28	29	30 (溫習)
31						

1

小虹在Ｍ＋博物館，對
喜歡的展品問個不停。

為甚麼這些報紙這
樣胡亂堆在一起？
有甚麼意義嗎？

不消一會兒，參觀完畢。

8

小虹媽媽跟Sana媽媽溝通起來。

OK！OK！

Sana是巴基斯坦裔孩子
她和小虹有時會談到
自己家裏的人和事。

終於見到Sana的
媽媽、姐姐、弟弟
和妹妹。

14

小虹總感覺自己的媽媽跟Sana的媽媽有很多不同的地方。

媽媽超級市場

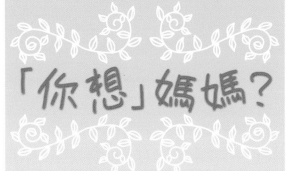

「你想」媽媽？

假如有一間「媽媽超級市場」，讓孩子選擇媽媽的條件，會怎麼樣？

兒童故事

PRIMARY ENGLISH

小虹媽媽會陪伴和教導她做功課，很羨慕啊！

小虹和Sana各自認為對方的媽媽更好，真是這樣嗎？

22

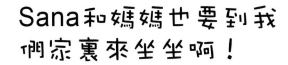

Sana和媽媽也要到我們家裏來坐坐啊！

媽媽說，請你們改天到我們家裏玩。

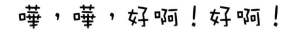

嘩，嘩，好啊！好啊！

這天，小虹跟媽媽到了Sana家。

PEACE

2:00 PM

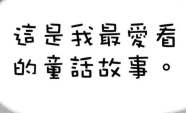

這是我最愛看的童話故事。

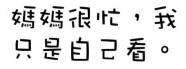

媽媽很忙，我只是自己看。

啊，是嗎？我可以聽聽嗎？

27

星期五，媽媽特意請了半天假，為明天接待Sana和媽媽到家裏作客做準備。

我還是有點兒緊張，雖然準備了清真食品，但不太清楚Sana她們會否有些食物是不吃的？

怎麼媽媽緊張起來呢？

29

媽媽忙亂又辛勞的樣子，是平日小虹很少留意的。

我要好好幫忙媽媽。

31

小虹跟媽媽合作打掃清潔，做起家務來。

星期六，Sana跟媽媽到訪小虹家。

這天小虹好像看到不一樣的媽媽！

媽媽真棒！

回到房間看見作文功課，小虹覺得靈感突如泉湧。

34

踏出一步就是愛

我喜歡寫故事，更喜歡把真實的情節放在故事中。

今天大家讀到的這個故事，小虹在西九藝術公園拿樹枝敲打不同的物品，正正是我跟乖孫在西九藝術公園樂此不疲的玩意。至於那頭不束之「狗」柴犬Nikita，也正是我養了十年的狗狗的真名。

不過我更喜歡的，是故事中出現不少真實且有趣的情節。

如愛發問求知的小虹，幾乎見到甚麼就會問個究竟，這不正正是孩子好奇求知的表現嗎？

還有那份「總覺得人家媽媽比自己媽媽好」的情意結，也正正是孩子心中的比較。Sana羨慕小虹媽媽會教小虹做功課，小虹羨慕Sana媽媽在午膳時親自送飯，又會接女兒放學。

記得女兒年小時，也曾說過羨慕別人的媽媽天天接送，她的媽媽我卻要上班，沒時間接送。那刻，我的腦袋就出現了「媽媽超級市場」的念頭，不如讓女兒去這個超級市場選一個合她心意的媽媽吧！（當然只是想想，沒有付諸行動，甚至也沒跟孩子多談。）

不過，我最滿意的故事情節，就是小虹與Sana雖然來自不同背景，卻能一同玩耍成為好同學，好朋友。因為在孩子心目中，朋友就是可以一起玩耍一起讀書的人，語言不一定成為障礙。

只要有心，就可以交到新朋友。

Sana跟小虹的媽媽，也因為看見兩個小女孩熟絡起來而交往。食物當然是一種絕佳的「媒介」，你到我家作客，我到你家吃東西，就是一段友誼的好開始。兩位來自不同背景的媽媽之間的友誼，也可能在兩個孩子的推波助瀾之下連結了。

最後也由於兩位媽媽的連結，讓小虹看見自己媽媽的「好」，並找到了寫文章「我的好媽媽」的靈感。

這個故事看似簡單，其實當中蘊藏了不少可供討論的情節，可進行的活動，例如：

🖤 如何引導孩子學習小虹的每事問？
🖤 跟孩子討論，怎樣跟與自己背景不同的人做朋友？
🖤 找出兩位媽媽所煮食品的食譜，然後跟孩子、家人一起製作。
🖤 試試列表寫出兩位媽媽的優點，還可以寫下自己爸爸、媽媽的優點啊！

為人父母的，也可以想想，除了每天叫孩子做功課之外，有否想到孩子下課時，給孩子一些新的歡迎詞？例如「寶貝，真高興見到你回家！」，又或者問他：「今天學校有見到哪些新發現？老師的講課有哪些有趣的話題？」

這是我跟愛同行 (WEDO GLOBAL)合作的第二本故事書。第一本《MeowMeow不見了！》是因為一頭失貓，造就了主角跟不同少數族裔朋友的交流。這趟是在西九M＋博物館和藝術公園的遊玩中，兩個家庭開始連結。這趟出版更要感謝家庭發展基金(Family Development Foundation)的贊助與聯合努力，也要感謝團隊還有畫師的配合和支持，讓我又再經歷一次開懷且充滿創意的合作。我深切盼望這本書的讀者，能從中讀到與少數族裔朋友相處的美好，並開始踏出一步，主動認識他們，彼此關心，彼此連結啊！

作者 羅乃萱, BBS, MH, JP
家庭發展基金總幹事

36

帶着問題找找看

1. 小虹和Sana在故事中的哪個地方相遇？你有去過這個地方嗎？
2. 小虹和Sana有哪些一樣和不一樣的地方？在故事中找找看。
3. 你認為小虹和Sana成為好朋友的原因是甚麼？
4. 我們應該怎樣與來自不同文化背景的朋友相處？你能分享一些建議嗎？

 尊重    好奇    嘗試    包容    開放

5. 如果你是小虹，你會去Sana的家裏玩嗎？為甚麼？
6. 小虹和Sana的家庭各有哪些文化特色？在故事中找找看。
7. 如果你有機會到訪不同朋友的家，你對他們生活上的哪些方面感興趣？
8. 如果有來自不同文化背景的朋友到你家作客，你會如何介紹和分享你的文化？試從這些方面分享。

 節日    衣着    飲食    語言文字    家庭

9. 小虹的媽媽外出工作，Sana的媽媽則在家照顧家庭，你的媽媽又是怎樣的？
10. 每位媽媽都有不同的特質，試從故事中找出一些小虹和Sana 媽媽值得欣賞的地方。你欣賞你媽媽的地方是？

細心   體貼   勇敢   為人設想   耐心   熱情